파피루스 365
PAPYRUS 365

글 • 원교

1967년 강원도 원주에서 태어났으며 성균관대학교와 대학원에서 유교철학예술론과 한국철학을 전공했다. 1996년 미국으로 건너가 순수미술조각을 공부했으나 전업 예술가로서의 꿈은 이루지 못하고, 전문 요리사 겸 경영자Executive chef & owner로 활동하며 '요리를 조형 예술의 경지로 이끌었다'는 평을 받았다. 2012년 귀국 후 상지대학교에서 철학을 강의하며 다수의 논문을 발표했다.
2014년 《꿈의 소리》로 문학나무 추천 작품상을 받았고, 시집으로 《동그란 얼굴》, 《살다 보면 아프다》가 있다.

suken678@naver.com

표지 • 본문 그림 _ 백종환

_____ 님께 드립니다.

Poetry Diary

파피루스 365
PAPYRUS 365

글 · 원교

우리글

차례

이미 떠나간 여름을 위해
한 묶음 백합을 샀다
꽃병을 채우고
하루를 채웠다

2021년 여름
원교

1월 1일

새날이 왔으니
새로워야겠네.

1월 2일

좌·우 보행이 따로 없는 좁은 산길을 걸었다.
양보가 때로는 지혜가 되었다.

1월 3일

양 무릎 사이에 얼굴을 묻고
꿈틀대는 새벽을 움켜쥐었다.
어깨가 시렸다.
밤과 낮 사이의 행간을 만졌을 뿐인데.

1월 4일

까치가 나는데, 갈대는 울었다.
많이 울수록
그 소리가 꼭 깊어지는 것도 아니요
그 소식이 꼭 멀리 가는 것도 아닐 테지만
삶은 정신과 육체 사이의 '자기 존재'를 확인해야 하는
고독한 수고와 눈물을 요구했다.

1월 5일

시간의 흐름은 두려운 게 아니었다.
오늘을 거뜬히 살아내면 되었다.

1월 6일

"착하게 사는 것과 바르게 산다는 것과 아름답고 외롭게 산다는 것은 같은 것이다." – 소크라테스

'깨끗한 물에서는 고기가 살 수 없다.'라며

치명적이지만 않다면
사회정의를 위협하는 불의를 얼렁뚱땅 넘겨버리곤 하면서 쉽게 타협하는 세태 속에서
오늘을 사는 우리에게 의미심장한 화두로 다가왔다.

투명한 삶을 살고자 하는 열망이
더는 지독한 불운과 고독으로 끝나버리지 않도록
맑은 마음을 회복할 수 있기를 기도했다.

1월 7일

오늘이 소중한 이유를
네가 떠나는 내일의 문 앞에서 알았다.

1월 8일

생각해 보면,
슬픈 것은 비가 아니라 나였다.

1월 9일

시는 '피로 쓰는' 천형天刑이지만
피가 없는 시는 그대로 죽음이었다.

1월 10일

'엄지 척'은 매우 아름답지만,
얼굴 마주보며 안아주면 더더욱 아름다웠다.

1월 11일

날 때부터 어디서고 물결치는 산자락을 보며 자란 토박이는 그것을 험하다 여기지 않았다.
오히려 짙푸르게 살아 요동치는 것만 같은 산을 바라보며 평온함을 느끼곤 하였다.

1월 12일

원고지를 펼치며 세상 인기를 떠올렸다.
시작부터 물거품 아닌가.

1월 13일

어느 별, 어느 여행자에게 편지를 썼다,
"삶은 장르가 따로 없는 종합예술 아닌가. 눈을 뜨나
감으나 가슴 뛰게 하지 않는가."라고.

1월 14일

두려운 게 '전쟁'이라고 했던가.
내 속에서 싹 트는 나와의 싸움은 어쩔 텐가. 아무도 미
워하지 않았던 마음에 담고 꺼내는 이것은 어쩔 텐가.

1월 15일

목련 가지에 꽃망울이 맺혔다.
나무가 나보다 먼저 봄을 향해 합장하였다.

1월 16일

세상의 길은 오르막 아니면 내리막인 줄만 알았다.

그러나 그대를 만나고 알았다.

세상 오르내리는 길가에 둥글게 퍼져가는 길도 있다는

것을, 호수에 떨어진 물방울처럼 섞이고 열리고 퍼져가

는 길도 있다는 것을.

논둑길에 잔설이 남았다.

아슬아슬한 줄타기처럼 어느 한쪽으로 헛디디지 않을

까, 길에서 눈을 뗄 수가 없었다.

1월 18일

밥을 먹으며 민요를 들었다.
"얼씨구!" 하고 보니,
절로 흥이 났다.

1월 19일

기성의 반대는 맞춤이 아니라 새로움이었다.
개조의 시대, '천명'이와 '이순'이가 이름을 바꿔, 더러
'고집'이와 '편견'이로 둔갑하였다.

1월 20일

며칠을 괴롭히던 뾰루지가 가려움증을 불렀다. 봄이 멀
지 않았다.

1월 21일

"서두르지 말고, 게으르지도 말고!",
꽤 오래 지켜 온 좌우명인데 점점 게을러지는 경우가
허다해졌다.

1월 22일

강물은 흐름을 되돌리지 않았다.
반환점은 존재하지 않았다.
아픔 없는 물길이 어디던가.
세상 용서와 화해는 또 어디던가.
바람을 향하여 머리카락을 넘기는 은빛 흐름, 그 또 다
른 시작점을 바라보았다.

1월 23일

'장난인데', 이 한 마디가 누군가에게는 감당할 수 없는
무게가 되거나, 서로의 관계마저 위협하기도 하였다.
보이는 몸의 상처보다 안 보이는 마음의 상처가 훨씬
더 아물기 어려운 거였다.

1월 24일

미소보다 더 큰 선물이 있을까.

1월 25일

세상에 오직 하나뿐인 이곳, 오직 하루뿐인 오늘도 달걀은 따뜻했고 또, 누군가를 살렸다.

– 앙코르encore! – 살리고 살리고, 함께 살라는 뜻이었다.

1월 26일

욕조에 따뜻한 물을 채웠다.

몸을 담그면 머리카락이 젖을 만큼, 다리를 뻗으면 넘
칠 만큼, 넘치는 물소리 들릴 만큼….

1월 27일

아침마다 방에 비질하였다.
방 안의 먼지는 잠깐이면 치우지만, 몸 안의 먼지는 쉽
지 않았다.

1월 28일

암묵Tacit은 때로
마음을 그리는 붓이 되었다
종이가 따로 필요 없는….

1월 29일

창문을 두드리는 바람 소리가 잠을 깨웠다.
밤에는 눈보다 귀가 더 밝아졌다.
'순수'란 자연스러움에서 오는 것임을
다시 마음에 새겼다.

1월 30일

작아서 눈에 띄지 않을 정도이지만,
속이 꽉 찬 나무 간판을 만난 적이 있었다.

1월 31일

새로운 미래는 언제나
오래된 시간 속에서 태어나는 거였다.

2월 1일

친구를 오랫동안 곁에 두고 싶다면,
방법은 생각보다 간단했다.
거짓말을 시작하지 않는 거였다.

2월 2일

당신은 누구의 영혼인가요.

2월 3일

상생이란 불신과 선동이 아니라, 배려와 포용의 또 다른 이름이었다.

2월 4일

자랑할 게 없었다.
눈이 내렸고, 내가 한 줄의 시를 읊은 것 외에는 오늘
이 마치 어제와 같았다.

2월 5일

눈사람이 녹으면 아무것도 남는 게 없어야 할 테지만,
'깨끗이 사라진다'라는 말은 진실이 아니었다.
눈송이가 눈사람이 되기까지 – 하나의 삶이 되기까지
– 이것저것 보태지지 않았던가.

2월 6일

땅의 색이 변하였다. 힘써 연둣빛을 준비하는 거였다.
곧 아지랑이가 앞장설 테지….

2월 7일

소리가 아니라 빛으로 노래하는 촛불, '흔들려도 살아
가라'라는 그의 한 마디 외침이 새벽을 깨웠다.

2월 8일

때때로

깨어 있을 때보다 꿈꾸고 있을 때

사랑에 가까워졌다.

2월 9일

당신은 언제나 실물이 사진보다 아름다웠다.

2월 10일

"생각에 간사함이 없다." – 공자, 사무사思無邪

시인이 할 수 있는 가장 큰 사랑은
시로 사는 거였다.

2월 11일

어디선가 새소리가 들려 왔다.

가던 길을 멈추고 두리번거렸다.

새는 안 보이는데, 산벚나무 가지가 흔들렸다.

골바람 때문이었나….

2월 12일

양말을 빨았다. 양말에 밴 땀을 쏙 뺐는데, 내 속이 가벼워졌다.
몇 번을 헹궜는지, 무슨 고민이 그렇게도 많았는지 다 기억하지 못했다.

2월 13일

생각하는 나무가 하늘 땅 사이 어디에 있으랴마는…
그래도, 그의 마음으로 살고 싶었다.

2월 14일

아름다운 삶과 후회를 남기는 삶의 차이는 삶을 엄숙
하게 대하는가 아닌가에 달려 있었다.

2월 15일

꿈속에서 외쳐 부른 이름들이 내 어깨에 고스란히 내려
앉은 거였을까.
아니라면, 시간의 무게였을까.
알 수 없는 이것이 어깨를 눌렀다.

2월 16일

봄눈春雪이 내려앉은 호숫가에서 봄의 살림살이를 엿보
았다.

2월 17일

"다른 이들과 어울리되 무턱대고 남의 뜻대로 움직이지 않는다." - 공자, 화이부동和而不同

'폭력적' 외교와 '굴욕적' 외교, 어느 것 하나 세계평화에 이바지할 수 없었다.

2월 18일

그 누구라도, '존재'한다는 이유만으로,
그의 '시간'은 가벼워질 수 없었다.

2월 19일

말과 행동이 생각의 자녀임을 신뢰한다면,
말보다 생각을 먼저 살펴야 했다.

2월 20일

밥그릇을 다 비웠다.
서로 돕는다는 게 별건가.

2월 21일

산에서 내려올 때마다 언제 또 올까 고민하지 않았다.
다시 가는 날이 그날이었다.

2월 22일

"인생의 직물은 좋은 일과 나쁜 일의 혼방으로 짜인다." – 셰익스피어

인생사의 고뇌로부터 한발 물러서서 미소 짓는 여유가 필요했다.

2월 23일

목련에게 말을 걸었다 ― 겹겹이 감싼 미라의 외투 같은
냉기 탁탁 털어내고, 다시 숨 쉬겠다던 약속 잊지 않았
겠지요? 기다릴게요. 오늘은 이만… 안녕.

2월 24일

해가 떠 있는 동안은
앞선 자도
뒤선 자도
모두 일등이었다.

2월 25일

나를 살리고 죽이는 자가 '신'이라고 정의한 적이 있었다, 내 '마음'이 그 자리를 차지하기 전까지는.

2월 26일

서두르지 말라는 말이 게을러도 좋다는 말은 아니었다. 어쩌면, 급히 서두른다는 말과 게으르다는 말은 같은 뜻인지도 모르겠다.

2월 27일

급기야, 하얀색 귀신이 꿈에 나올 지경이었다. 잠을 깨우고, 손을 닦았다. 꼭 정답을 찾지 않았다, 상상과 대화가 끝나기 전까지는.

2월 28일

예상치 못한 치과 시술을 받았다.

지인과의 저녁 약속을 취소하였다.

그가 '소주가 울고 있다'라는 나의 전갈을 듣고, '소주는 많이 울수록 그 맛이 깊어진다'라는 글로 나를 위로했다.

2월 29일

봄비 내리고 풀잎 젖는데,
삐친 속사정 흠뻑 젖는데…
보관할 수 없는 것이
시간뿐이겠는가.

3월 1일

밥을 먹지 않아도, 얼굴엔 수염이 자랐다.

3월 2일

간혹, 여러 사람 앞에서 내 속을 드러내는 일이 홀로일
때보다 훨씬 외롭게 느껴질 때가 있다.

3월 3일

말은 눈에 보이지 않지만 살아서 움직이는 생명체였다.

3월 4일

'죽음'과 '삶'을 오직 이성과 논리로 풀어낼 수는 없었다.

3월 5일

개강하였고, 학생들을 만나는 첫 주를 보내고 있다. 언제나 그렇듯, 누군가를 새롭게 만나는 일은 기대가 되면서도 긴장되었다.

3월 6일

바위에 파랗게 붙어사는 이끼를 보았다.
바위의 마음을 닮으려는 것일까.
나 역시 그러하고 싶었다.

3월 7일

찻잔에 마음을 풀었다.
입술을 움직여
한 번도
경험하지 못한 오늘은
어떤 맛일지,
피는
돌고 있는지
물었다.

3월 8일

하루가 온전할 때
삶이 온전하였다.

3월 9일

꿈은 쓸쓸함이 아니었다.
영혼의 울림에 묻고 대답하는 거니까.

3월 10일

독서는 고독하지만 화려한 여정이었다. 글 속에 숨겨진 길을 오롯이 자신의 방식으로 알아채야 하므로 고독했고, 이 생각이 자의식을 밝히는 빛이 되었으므로 화려했다.

3월 11일

물질적 자유는 물질이 가진 두 개의 얼굴 즉, 목적인가 수단인가를 정확히 바라보고 혼란스러워하지 않는 자만이 누릴 수 있는 특권이었다.

3월 12일

어둠 속에서 창문을 열었다. 고개를 넘어온 달빛이 어제보다 작아 보였다.

만남과 헤어짐은 순간의 일이었고, 나는 또다시 달빛을 등에 지었다.

이 밤이 꿈을 꾼다면, 내일을 사랑할 이유였으면 좋겠다.

3월 13일

'붓 가는 대로 아무렇게'라지만, 문법과 사랑이 빠진 예술은 허상에 가까웠다.

3월 14일

동산으로 나선 산책길에 봄 햇살이 따뜻했다. 언제나
제자리여도, 한 번도 같지 않은 산길에 들어서면 소중
했던 내 일상이 말없이 작아졌다. 어김없이 제 품을 내
어주는 숲속 어디쯤

내 마음

놓고 갔으면 싶었다.

3월 15일

산수유 가지에 툭툭 불거진 꽃망울을 보았다. 눈도 깜박이지 못하고, 꼼짝없이 합장하였다.
인적 드문 산사의 돌담 곁, 촉수를 뻗치는 그에게 숨겨두었던 연정을 내주었다.

3월 16일

봄눈을 거두며 향로봉에 들었다. 이름 모를 새싹들이 파랗게 돋아나는 언덕 이곳저곳을 살피며, 한 호흡 멈출 때마다 숨소리에 귀 기울이며, 걷다 멈추기를 반복했다.

어디선가 살갗을 간질이는 소리가 왔으나, 알 길은 없었다.

3월 17일

"남는 것도 없는데 뭘….", 농부의 이 한 마디가 봄을 울린 걸까. 봄비는 다정한데 사람은 수고롭다.

3월 18일

새들의 날갯짓과 나무의 변화를 노래했다.
노래는 내가 부른 것인데, 새와 나무가 샛노란 빛을 뿜
었다.
아, 이 계절에 시인이 따로 있으랴!

3월 19일

밭가에 냉이꽃이 피었네. 어떤 의심도 없이 오래된 이야
기를 꺼내 들고 주변을 맴돌았네.
삶은 다 말해질 수 없었기에 끝내, 고개를 숙이고 바라
보았을 뿐이네, 바라보았을 뿐이네.

3월 20일

위험천만한 세상이라지만, 애벌레들이 탈피할 때가 가
까워졌다.
싹을 올린 달래 뿌리에서 그 냄새가 났다.

3월 21일

스케치가 끝나면, 연둣빛을 칠할 테다.
새싹 돋아나는 아침의 마음을 그릴 테다.

3월 22일

바람에 흔들리는 대로 개나리꽃이 피었다.
가슴 터질 듯 선명한 그리움 쥐고, 휙 휙 붓질하였다.

3월 23일

익숙하면서도 새로운 것은 무엇일까.

3월 24일

쉼표를 찾아, 철길을 따라 걸었다.
서두를 일이 없었다. 그런다고 될 일이 아니었다.

3월 25일

햇살이 맑았다. 천천히, 아주 천천히 봄의 동산에 올랐다. 동산 이곳저곳에 꽃씨를 뿌렸다.

그리고 다시 돌아와 오래된 시집의 첫 장을 넘겼다. 남보다 앞질러 가야 한다는 사이비 신념이 가져다준 친절덕에, 흐름의 미학을 놓치고 살 수는 없지 않은가. 과속의 아슬아슬한 질주 속에 시간의 향기를 누리지 못하며 살 수는 없지 않은가.

삶을 이야기한다는 것은, 여유와 참을성을 이야기한다는 것은 진정 뒤처진 자의 변명이란 말인가.

3월 26일

설레는 개들이 사람과 함께 수변 공원에서 놀았다.

3월 27일

갑자기 터지는 꽃망울, 드디어 속을 풀어내는 입술이
봄비에 젖었다. 새 계절은 곧 새 계절을 부를 테지…,
오늘이 오늘을 부르듯이.

3월 28일

밤은 간혹 친구를 불렀다.
만남은 웃거나 조용하거나 둘 중 하나였다.

3월 29일

마음으로 짓는 집, 시를 잊은 하루는 가난했다.

3월 30일

무엇을 얻었는가 하면 곧바로 찾아드는 상실감, 진리의 한끝을 잡았는가 하면 또 여지없이 머리를 드는 허무감을 이기려면, 더욱더 높은 것, 영원한 무엇을 향해 가는 수밖에 도리가 없지 않겠는가.

진정 흘러가는 것이 아닌 무엇, 덧없이 사라지는 것이 아니어서 그것을 향해 가기만 하면 언젠가는 구원되리라는 믿음이 없다면, 만들어 가지기라도 해야겠지 않겠는가.

과연 우리가 그토록 믿어 의지하고자 하는 영광스러운 것, 영원한 것의 정체는 무엇일까?

3월 31일

나의 마음속에는 아직 튀어나오지 못한 그 무엇, 이 세상에서 구현되어야 할 영광스러운 그 무엇이 잠재되어 있었다, 당신처럼….

4월 1일

먼저 잠 깬 나비가 산촌을 날았다. 빛 좋은 무덤가에,
진달래만 더러 피었을 뿐인데, 아직 이른데….

4월 2일

칼날이 손바닥에 스쳤다.
치료하고, '락키'*를 채웠다.

* 락키 : '보호하다'라는 산스크리트어 '락사'에서 파생한 단어.

4월 3일

웃음을 조각하고 싶었다. 깎아낸 부분이 많아질수록, 칼날도 무뎌지고, 서로 무뎌질수록 입가에 웃음만 돌기를 바랐다.

4월 4일

맵고 짠 음식을 좋아하는 사람은 맵고 짜고, 심심하고
달큰한 음식을 좋아하는 사람은 심심하고 달큰하다고
했던가. 하여, 맵고 짠 짠지와 심심하고 달큰한 고구마
를 함께 먹었다.

4월 5일

"아침에 도道를 들으면 저녁에 죽어도 좋다."
- 공자, 조문도석사가의朝聞道夕死可矣

세상에 도가 실현되고 있지 못함을 한탄하는 내용이기
도 하지만, 인간이 삶에서 참된 이치를 깨닫는 일은 죽
음과 맞바꿀 수 있는 진정한 가치임을 강력히 고백하
는 거였다.

4월 6일

불비가 덮친 마을을 꿈에서 보았다.

소식을 듣고도 바로 달려가지 못했다.

무너져 내리는 억장을 지켜보는 것이 더 두려웠는지도 몰랐다.

어쩌면 나는 눈도 뜨지 못하고 땅바닥에 주저앉아, 엉엉 소리만 지를지도 몰랐다.

– 당신이 살아 있어서 기쁘기만 합니다.

4월 7일

'하얀 옷을 입은 외계인', 방역 전문가가 세상 아이들의
꿈이 되었다는 뉴스를 들었다.
그 꿈이 끝나는 날, 새파란 살구는 하늘을 찌르고, 거
리엔 아이들이 노래하겠지….

4월 8일

연일 미디어를 통해 개인과 개인, 단체와 단체의 불통에 대한 뉴스가 쏟아졌다. "뭐 눈에는 뭐만 보인다."라고 했던가.

자신의 눈에 보이는 것만 말할 뿐, 타인을 인정하지 않았다. 처음부터 끝까지, 자신만이 옳다며 상대가 중요하게 여기는 것은 보지 않았다. 하나의 문제를 두고 각자 다른 의견을 주장하기 때문에, 쉽게 의견을 하나로 모으지 못했다.

문제점에 대한 인식, 각자 중요하다고 여기는 것이 처음부터 다르다고, 진정 아름다운 마무리를 기대하기가 어렵기만 한 것일까.

4월 9일

달빛이 밝았다.
옛글을 읽었다.

4월 10일

이십 년 넘게 신어 온 여름 신발에 낀 먼지를 털었다.
신발은 닳았지만, 계절은 언제나 새로웠다.

4월 11일

늘 흐르고 변하여, 멈추어 선 곳의 나무 역시 그러하여,
오늘이 또 새로웠다.

4월 12일

마음이 핑크빛 민들레를 보았다.

4월 13일

자리만 옮기면 하루에도 몇 번이고 해가 뜨고 지는 광경을 볼 수 있는 곳, 어린 왕자가 사는 별나라로 떠나는 기차표를 손에 쥐고 잠에서 깨었다. 꿈이었다.

이내 머리를 풀고 오래된 사춘기의 수첩을 만지작거렸다. 꽃샘추위가 몰고 온 찬 새벽공기가 싸락눈처럼 내 볼을 때리고, 다시 제자리라는 느낌이 가루 먼지처럼 뿌옇게 폐부로 흘렀다.

날 때부터 외롭게 태어나는 생명이 어디 있으랴. 가슴 속 켜켜이 자라는 호흡 장애를 두렵게 바라보다, 다시 눈을 감았다. 꿈꾸기 위해.

4월 14일

나무의 나이테를 볼 때마다 그의 나이를 세었다
– 나이를 먹을수록 더욱 깊고 고운 향기를 더했을 테지.

4월 15일

천당과 극락마저 도적질하는 자들이 있었다. 그들의
원죄가 되었다.

4월 16일

기억만 맴돌고 시는 풀어지지 않았다.
시 읽는 후보에게 별표, 꽁치 굽는 엄마에게 사랑표,
노래 부르는 친구에게 느낌표를 주었다.

4월 17일

내일은 오지 않았다.
내가 가야만 만났다.

4월 18일

창밖에 바람이 불었다.
차 한 모금에 옛 벗 이름 불러보는데,
눈에서 한 움큼 별빛이 쏟아졌다.

4월 19일

저항만이 한 발짝 앞으로 내딛는 길을 열었다.

4월 20일

물을 댄 논에서 개구리 우는 소리가 들리기 시작했다.
사실, 시간이 빨리 지나가기를 바라기는 이 계절이 처음이었다.
여전히 끔찍한 돌림병 때문이기도 하지만, 어서 사랑이 넘쳐나는 마을을 보고 싶은 거였다.

4월 21일

자작나무를 심었다.
보살피고 또, 함께 자라고 싶었다.

4월 22일

온라인 강의가 몇몇 청년들에게 스스로 텃밭을 가꾸는
기회를 갖게 했다. (고마운 일 아닌가.) 미소를 챙기고,
산속에 들어보니 바람은 아직 찬데, 햇살은 여전했다.

4월 23일

윈턴 마살리스Wynton Marsalis의 연주를 듣다가 글쓰기를 잊었다. 세계 최고의 재즈 음악가인 그와 개인적으로 시간을 함께 보낸 적이 있었다. ─ 그의 삶과 음악에 대한 남다른 열정이 내 마음을 움직였던 기억 ─ 그때, 그가 선물이라며 내게 준 팔십여 장의 음반CD이 내게는 큰 보물이 되었다. 선물은 사랑 아니겠는가.

4월 24일

바람을 마주하며 걸었다. 눈과 귀를 열고 – 보이지 않으나 느껴지는 산의 영혼 – 그의 내밀한 가슴속으로 향했다.

4월 25일

들판의 마른 흙이 창백하게 보였다. 물기를 알맞게 더
한 황토색 얼굴이 보고 싶어졌다.

4월 26일

샛별부터
하나씩
하나씩……
셀 수도 없이 많은
별이
살구둑의 밤하늘을 채워갔다.

4월 27일

꿀벌들이 보이지 않았다. – 꽃무리에 뛰어들어 세상 잊
었나, 어디선가 – 목소리 들려오지 않아도 걷고 있을
봄, 그이가 궁금했다.

4월 28일

배움이란 진행형 현재였다.

4월 29일

그대여, 너무 걱정하지 말아요.
다 잘 될 거에요.

4월 30일

사월
더 오래 기억해야 하는 달이었다.

5월 1일

반달이 뜨면 새끼손톱만한 크기의 글씨는 읽을 수 있
었다.

5월 2일

나
하나 누우면 그만인 크기의 땅에
물을 뿌렸다.

5월 3일

파피루스 밭에 잠 깨는 개구리가 나타났다. 그의 이름을 '파피루스 개구리'로 지었다.

5월 4일

내 몸에서 흙냄새가 나기를 바랐다.
철학이 아니라, 원시적 살림을 꿈꾸는 거였다.

5월 5일

'파피루스 개구리'의 꿈은 무엇일까 궁금했다. 비록, 나의 것은 어리지만, 편지를 쓰고 싶었다.

5월 6일

지나온 글들을 몇 편 읽다 말고, 깊은 부끄러움을 어찌
해야 할지 모르는 고민에 빠졌다.
연휴 내내, 꺾이고 또 부러진 더듬이를 펴보려 하였으나
똑바로 눈을 뜨기에도 힘든 시간을 보냈다.
도둑맞은 사월의 비통함을 뒤로하고 오월을 맞았으나,
여전히 마음은 엉긴 서릿발로 가득했던 거였다.
급기야 목젖이 뒤틀려 쾌청한 하늘이 서럽게만 보였다.

5월 7일

던져진 동전은 어느 한쪽으로 기울게 마련이지만, 그것
은 끝이 아니라 시작에 불과했다.

5월 8일

자식에 대한 부모의 사랑에서, 인간에 대한 신의 사랑이나 이상세계를 향한 구도자의 깨달음보다 더 빛나는 힘을 발견할 때가 있다. 그것은 인간에게 조건 없는 사랑이 분명 존재함을 더욱더 철저히 신뢰하게 만드는 힘으로 작용한다. 진정한 사랑은 전략이 아니기 때문이다.
과연, 종교는 조건 없는 사랑을 실천하고 있는 것일까.

5월 9일

비가 내렸고, 나무와 내가 함께 젖었다.

5월 10일

한 나그네가 "여기! 여기! 여기기~!" 하며 소리치는 새를 숨죽여 찾았으나, 그를 알아채지 못했다.

5월 11일

까막딱따구리가 딱딱대며 장단을 치고, 내가 흥흥대며
소리를 냈다.

5월 12일

자유와 부자유는 동시에 있었다. 떠날 때 돌아올 것을
고민하는 것이 현실의 인간 아니던가.

5월 13일

선물 받은 이국의 향을 태웠다. 달빛인 듯 구름인 듯
모이고 흩어지는 침묵과 불면을 태웠다.

5월 14일

다 쓴 부탄가스 통을 이용하여 난로의 공기 조절기를
만들었다. 이거면 되었다.

5월 15일

내가 벗어놓은 장화 위에 호랑나비가 앉았다. 꽤 오랫동안 떠나지 않았다. 쉬러 온 줄 알았는데, 자세히 보니 날개를 다쳤다.

– 아프지 말아요.

5월 16일

강의를 위하여 몸을 깨끗이 씻고, 옷을 잘 펴서 입었
다. 꽤 오래된 습관이지만, 이럴 때마다 마음이 새로워
지는 느낌이 들었다.

5월 17일

아기똥풀꽃이 피어서 아기똥풀을,
찔레꽃이 피어서 찔레나무를 칭찬하였다.

5월 18일

파피루스 개구리가 한가한 오후를 보냈다.
저녁 즈음, 그보다 훨씬 힘세 보이고, 덩치가 두 배나
큰 개구리가 나타나기 전까지는….

– 너는 누구냐.

5월 19일

여름을 알리는 문예지가 도착하였다. 나무와 함께 여름에 달려들었다.

5월 20일

작고 통통한 꽃봉오리를 오므리고 있던 아카시아가 활짝 피었다. 꽃잎이 뭐냐고, 향기가 뭐냐고 묻다가 기어코 창을 넘는 소년을 떠올렸을 때, 바로 그때였다.

5월 21일

향로봉에서 여름을 태우고 돌아서니 산바람이 내 어깨
를 감쌌다.

5월 22일

시집 초고를 판독하였다. 건강하였다. 앞을 알 수 없는
생을 앞두고 출산이 임박하였다.

5월 23일

파피루스와 함께 사는 수련이 꽃을 피웠다. 나는 물만 주었을 뿐이고…, 고맙고 예쁠 뿐이었다. 그들 앞에 고개 숙이며 손을 모았다.

5월 24일

수련 꽃잎이 오므라들었다. 어디선가 저녁을 짓기 위해
아궁이에 불을 지피고, 굴뚝에서 연기가 피어오를 시간
이 된 거였다.

5월 25일

새로운 꽃밭을 만들려고 물길을 먼저 내었다. 향로봉과 고둔치를 지나온 물이 이곳에 흘렀다. 바람과 꽃의 영혼이여, 평화여 이리 오라!

5월 26일

시와 관계를 맺었다. 시인으로서, 그 빛을 밝히는 일이
천형天刑이라 하지만, 온 생을 바칠 수 있는 형벌이라
면, 아름다운 고통 아니겠는가.

5월 27일

까치가 살구둑의 아침을 열었다.
재 무더기에서 불씨를 찾아 입김을 불어 넣자, 한낮의
수련처럼 하루가 되살아났다.

5월 28일

새 꽃밭의 '유리호프스'가 노랑 꽃잎을 조금 더 피우면
베고니아의 빨강과 한련화의 초록이 알맞게 어울릴 것이
다. 그러나 서두른다고 될 일인가, 기다림이 답이었다.

5월 29일

대부분의 '길밥'은 짠맛이 싱거운 맛보다 인기였다. 이즈
음, 길을 걷다 만나는 싱거운 웃음이 그리웠다.

5월 30일

오디를 따먹었다. 혓바닥과 입언저리가 까맣게 변했다.

5월 31일

아침 이슬이 베고니아 꽃잎마다 몽글몽글 맺혔다. 햇살
이 비추자, 빨갛게 반짝였다.

6월 1일

센 바람에 맞서는 하얀색 나비를 보았다. 힘겨워 보였지만…, 맞서지 않고 얻어진 삶이 어디 있으랴.

6월 2일

뜻한 바를 이루든 아니든, 그 처음은 한마디 말에 있었다.

6월 3일

나는 내일을 말하지 않았다. 아직 오지 않은 그것을 알 길이 없지 않은가. 다만, 아직 만나지 못한 것을 상상하고 기다리는 일은 즐거웠다.

6월 4일

"안정된 수입이 없으면, 안정된 마음도 없다."
— 맹자, 무항산무항심無恒産無恒心

말은 오래되었다. 그러나 악마는 여전히 나무에 물과
거름을 주지 않은 채, 약한 나무를 먼저 죽였다. 천사
들이 밭 갈고, 풀 뽑는 사이에….

6월 5일

황혼 무렵 살구둑에서, 해바라기가 서쪽을 향해 서 있었다. 나도 그랬다.

6월 6일

한련화 향기에 복숭아꽃 피어나는 봄인가 싶었다.

6월 7일

전과 다른 삶을 살라던데, 찰나라도 전과 똑같은 삶이
있었던가.

6월 8일

내가 가까이 다가가도 '파피루스 개구리'가 도망가지 않았다. 처음과 달리, 나를 알아보는 것일까….

6월 9일

애벌레가 기고 기어, 껍질을 벗으려 애쓰는 사이 새소
리가 부쩍 늘었다. 까투리와 장끼가 몇 주 째 안 보인
것 외에는, 뭇 생명의 움직임이 힘찼다.

6월 10일

아침 햇살이 비치는 박하를 만지다가 나도 모르게 눈을 감고 말았다, 눈먼 손끝에 풀 향기가 흘렀다.

6월 11일

밤새 내리던 비가 개고, 구름이 붓이 되었다. 하고 싶은 말…, 하얗게 그리고 싶은데, 붓끝이 강아지 달아나듯 따로 놀고, 손에 잡히지 않았다.

6월 12일

까치가 뽕밭에 나타났다. 참새 떼가 멀찍이 달아났다.
그렇게 쫓아내고 쫓겨나기를 온종일 반복했다. 놀이가
아니라면, 먹을 걸 두고 다투는 지랄일 테지.

6월 13일

도라지 곁에 난 풀을 뽑고, 물을 주고, 책 몇 줄 읽었
을 뿐인데 하루가 끝났다. 펜은 아직 꺼내지도 못했는
데….

6월 14일

풍경도

사람도

아름다웠다.

6월 15일

친구에게 편지를 썼다. 내가 무엇 때문에 오늘을 살았
는지.

6월 16일

지금껏 참개구리 올챙이만 만났지, 청개구리 올챙이를
만난 건 오늘이 처음이었다. 청개구리도 올챙이 적이 있
지 않은가. 새로운 배움이 기쁨을 불렀다.

6월 17일

진심이 변명으로 들리는 순간이 있었다.

오늘
해가 뜨기 전, 나무에 물을 주지 않았던 건,
새벽이슬을 씻어내고 싶지 않았기 때문이야.

6월 18일

미꾸라지들도 여름을 잘 견뎌야 했다.

6월 19일

적록의 기억과 흑백의 기억이 교차하며 바람 찬 계곡에
흘렀다. 물의 신성함 옆에서, 무릎을 꿇고, 또 하루를
고해告解하였다.

6월 20일

철책으로 담장을 친 밭가를 지났다. 언젠가 고라니며 꿩들까지 이 쇠바늘 섬뜩한 철책을 넘을 테지만, 녹슨 철책에 녹을 더하는 아침 이슬이 먼저 나의 발목을 적셨다.

6월 21일

아침 일찍 완두콩을 수확하였다. 한 줌도 안 되었지만,
밥솥을 꽉 채운 듯하였다.

6월 22일

개구리라고는 '파피루스' 한 마리였는데, 숫자가 꽤 늘었다. 문패도 없고, 알리지도 않았는데, 그의 벗들로 북적거렸다.

6월 23일

치악산 부곡 탐방로를 걸었다. 새들이 끌어주고 바람이 밀어주었다.

6월 24일

나의 운명에 대하여 떠드는 다른 운명들이 살았다.

6월 25일

서하리 '석재'에 갔다. 그곳을 지키는 고양이들, '마르크스'와 '먼지'도 만났다.

6월 26일

다 기억할 수 없는 말이 꿈속을 헤엄쳐 다녔다.

6월 27일

개구리 부처님 물 배춧잎 위에 앉으셨네. 연꽃은 바라
만 보시고….

6월 28일

창문을 열고 눈을 감았다. 보려는 것이 아니라, 들으려
는 거였다.
매미가 울었다.

6월 29일

예뻤던 강아지, 지금은 충견이라 부르지만, 개 됐다. 개가….

6월 30일

줄

줄

이
이어

온

'생명'

속에

하루살이

도 있었다.

7월 1일

'파피루스 종이'를 만들었다. 오래된 이야기를 담을 수
있겠다.

7월 2일

임을 불렀는데 시가 먼저 왔다.
시 마음에 입술을 대고, '사랑하자' 속삭였는데 손끝이
먼저 떨렸다.

7월 3일

잊혀간 시간에, 잊혀가는 여름의 어깨 여기저기에 초록
빛 서늘한 엉겅퀴 가시가 돋았다. 자줏빛 서늘한 사색
을 꺼내라는 뜻인가.

7월 4일

뒷다리를 잡고 있으면 몸을 위아래로 재밌게 움직이는 방아깨비를 만났다. 언뜻 보니 멋쟁이 신사 같기도 하여…, 놀이는 간데없고, 잡을까 말까 망설임만 남았다.

7월 5일

나무는 죽어서도 꽤 여러 사람을 살렸다.

7월 6일

살구가 나무에서 떨어졌다. 벌레에게 먼저 할퀴고, 살이 터졌어도 씨앗은 튼튼히 지키기를 기도했다.

7월 7일

꽤 진지하다가도 실실거리는 건 얼근얼근하게 달아오른 기분 탓이었을 테지, 술 탓이 아니었다.

7월 8일

하나만 알고 둘은 모르는 경우가 많았는데, 오늘 아침
은 달랐다. 잠에서 깨어 나보다 먼저 너와 우리를 떠올
렸다. 기특한 아침이었다.

7월 9일

새벽안개를 헤치며 산길에 들었다. 가까이 있어도 잡을
수 없는 새하얀 물결이 모공으로 빨려 들어갔다.

7월 10일

산딸기 맛이 어김없이 새콤달콤하였다.

7월 11일

산마루에 올라 동요를 몇 곡 불렀다. 파란 마음과 하
얀 마음이 궁금했다.

7월 12일

구름을 눈 아래 두는, 이 경지는 신령의 경지라던가,
부처의 그것이라던가. 내리사랑만 주는, 가장 꼭대기,
어머니라던가…….

7월 13일

빗소리가 맛깔스러웠다. 여름이 한결 깊게 익어 갔다.

7월 14일

벌레 먹은 낙엽에 말을 걸었다. – 넌 참 많은 일을 겪
었구나.

7월 15일

홍자색 칡꽃 향기가 신월랑 계곡을 따라 어제와 다른
물소리와 함께 흘렀다.

7월 16일

공감은 무죄였고, 표절은 유죄였다.

7월 17일

길을 잃었다.
꿈속이었지만, 난감하기가 짝이 없었다.

7월 18일

미안합니다, 고맙습니다, 사랑합니다는 모두 참 좋은
말이었다. 듣기에도, 들려주기에도 무엇보다, 눈물을
참지 않아도 되었다.

미안합니다.
고맙습니다.
사랑합니다.

7월 19일

탈고의 문턱 앞에 설 때마다 '지옥'에서 벗어나는 상상
을 하였다.

7월 20일

바다는 문자 없는 경전 아닌가. 그의 수고와 상상에 박
수를 보냈다.

7월 21일

무당벌레 한 마리가 나뭇잎 위에 내려앉았다. 날개를 등에 지고, 햇살을 등에 지고 어디를 다녀온 걸까.
그림은 말이 없고, 여름은 걸었다.

7월 22일

'락키'를 고쳐 매었다. 자신을 스스로 보호하려는 거였다.

7월 23일

사랑 주는 사람 사랑 많았고,
두려움 주는 사람 두려움 많았다.

7월 24일

풀 뽑기 좋은 날은 따로 있지만, 삼류 정치의 지랄은
날이 따로 없었다.

7월 25일

기어 다니는 벌레 앞에서 서서 걷는 나를 부끄러워하지
않았다.

7월 26일

그늘에 누워 하늘을 바라보았다. 무더운 오후였지만,
파란 하늘은 예쁘기만 하였다.

7월 27일

바람이 살며시 불었고, 나는 살금살금 걸었다.

7월 28일

참외가 노릇하게 익어 가며 동그란 이마를 자랑하였다.

7월 29일

한 계절 애 많이 쓰셨어요. 거꾸로 보아도 당신이네요.

7월 30일

번쩍번쩍 불빛을 쏘고, 끼릭끼릭 쇳소리를 내는 '인조
별'이 하늘을 날았다.

7월 31일

"누가 갇힌 것일까?" 묻다가, 소스라쳤다.
"이런!" 내가 갇혔다.

8월 1일

하루만 피고 지는 꽃을 보았다.

8월 2일

빨간불이 켜진 건널목 앞에서, 건널까 말까를 두고 고
민했다. 아무도 보는 이 없었지만, 부끄러웠다.

8월 3일

인간에 대한 무지無知가 폭력을 키웠다.

8월 4일

한 포기의 풀이나 꽃, 나무로 살아가는 일보다 사람으
로 살아가는 일이 훨씬 힘들어 보일 때가 있다.

8월 5일

삶을 배웠으면 사람으로 살아야지.
날갯짓을 배우면 산을 넘는 새처럼.

8월 6일

오늘이 지나가야 알게 되는 일이 있었다. 꼭, 살아 봐
야만 알게 되는 일들이….

8월 7일

마음을 나누어 줄게,
원금도 이자도 필요 없어.
이익을 따지는 건 사랑이 아닐 테니까.

8월 8일

감자를 구워 먹었다.
손가락 끝과 입언저리가 새까매지도록
웃음을 멈추지 못했다.

8월 9일

다 익은 해바라기를 베었다.
그중 한 그루는 새들의 모이로 남겨 두었다.

8월 10일

비 내림이 길어졌다.
말·글을 해진 옷 꿰매듯 깁거나 얽어매었다.

8월 11일

경쾌한 음악을 고르고,
달콤한 단호박 찜을 만들었다.

8월 12일

매일 길에서 잠자는 남자에게 동전 대신 시집을 건넸
다. 시집도 집이니까.

– 내가 먼저 웃었다, 그가 웃기도 전에….

8월 13일

비가 잠깐 그쳤고, 구름과 구름 사이에서 햇살이 반짝
였다. 노랑나비와 지난 삼 개월 사이에 몸집을 세 배로
키운 파피루스를 다시 만났다.

8월 14일

훌륭한 요리는 최고의 재료에 최소의 양념을 더한 거였다. 지나치게 꾸며지는 것에는 대개 불순함이 숨겨져 있기 마련이니까.

8월 15일

편편이 깨고 깨치며 걸어가는 길이 덜 험해지고, 덜 빈
곤해진 것은 디오게네스*를 만난 후부터였다.

* Diogenēs (그리스, BC 400? ~ BC 323)

8월 16일

'아름다운 삶'은 '아름다운 마음'의 자녀였다.

8월 17일

일기장에 몇몇 벗들의 이름을 담아 두었다.
여름이 지나고 나면 다시 꺼내어 웃다가
눈물이 날지도 모르게 놓고 싶은 거였다.

8월 18일

한 떼의 새들이 저녁을 지저귀었다.
(미안쿠나! 너희들에게 공양할 쌀 한 줌 내게 없으
니….)

8월 19일

휘이~휘, 휘파람 불 듯 정해진 곡조가 없는 노래를 불렀다.

8월 20일

더위가 계속되었고, 시원한 계곡에 풍덩 마음 먼저 던졌다.

8월 21일

하나, 둘, 셋, 넷이 모두 하나였다.

8월 22일

개강을 앞두고, 학생들 만날 생각을 하니, 마음이 설레고 바빠졌다.

'자유로운 열정과 건강한 사랑을 나누며 함께 성장'이라고 쓴 부적符籍을 숲속에 묻어 두었다.

8월 23일

분위기란 오로지 감각적인 자태나 유행에 민감한 치장
만으로 완성되는 것이 아니었다.

8월 24일

작은 소리에도 창밖을 내다보는 버릇이 생겼다. 재촉
할 일도 아닌데, 가을이 벌써 왔다.

8월 25일

문예지로부터 원고료를 받았다. 책을 몇 권 사 읽을 수
있는 금액이었지만, 아낌없이 짜장면을 몇 그릇 사 먹
었다. 친구도 책만큼 좋지 않은가.

8월 26일

달맞이꽃을 보았다. 해가 지면, 달님을 맞기 위해 노란 빛으로 얼굴을 물들이는 꽃, '님프nymph'의 향기 어린 영혼을 한동안 바라보았다.

8월 27일

그대에게 부단히 다가가는 길에서 걷잡을 수 없이 피
어나는 걷잡을 수 없는 애정, 코끝에 두고 싶어라 그대
의 얌전한 얼굴, 보살피고 싶어라 그대의 옛이야기. 겨
울은 언제나 눈앞에 있기에 우리 만남에 끝이 올지라도
코스모스여!, 흔들려도 걸어가는 가을의 신화여, 그대
에게 오늘은 참 예쁜 나가 되고 싶었다.

8월 28일

'색깔'을 논하다가, '종북'도 '꼴통'도 아니라고 했더니,
둘 다 아니면 뭐냐고 물었다.

– 저는… '적록색약'입니다. 왜요, 더 하실 말씀 있으
세요.

8월 29일

우리는 어디쯤에서 만난 것일까.

8월 30일

산행 중 작은 도토리를 밟고 미끄러져 큰 사고를 당하는 경우가 있었다. 특히, 낙엽 아래 숨은 도토리는 '눈에 보이지 않아서' 더욱 위험했다.

8월 31일

몇 년간 모은 저금통을 처음 열었다. 모두 몇 개인지, 얼마인지 모르지만, 그중 만 육천 원을 꺼내어 아내와 함께 [살구둑식당]에서 점심을 먹었다.

9월 1일

오늘도 여전히 가슴이 뛰는 것은, 아직 만나지 못한 내일이 있기 때문이었다.

9월 2일

입술을 깨물었지만, 눈물은 참았다….

상처도 입었지만 끝내, 펜을 잡았다. 웃을 일도 많았으
니까, 삶은 아름다운 거니까.

9월 3일

그렇다고 말하면, 그렇지 않을 수도 있다.

9월 4일

동무에게 '살기가 점점 힘들어지는 세상'이라는 말을 하려다가, 그의 웃는 얼굴에서 사람의 마음을 움직이는 따뜻한 힘을 보았다. 말을 잇지 못하고, 나도 그냥 웃었다.

9월 5일

동네에 들어서는 동무들과 놀았고, 산에 들어서는 산
과 놀았다.

9월 6일

미역국, 아무 때라도 좋더라. 세상이 바뀌어 쇠고기와 굴, 금가루까지 넣지만, 부활하는 바다의 꿈, 너만 있으면 나는 아무 때라도 좋더라.

– 아버지를 위해 직접 미역국을 끓였다. 아버지께서는 "엄마가 끓인 게 더 맛있다"라고 말씀하셨다.

나도 그렇다. 역시, '엄마표'가 최고인 거였다. 미역국뿐이랴!

9월 7일

거울은 내가 기쁠 때 기뻐하고, 노여울 때 노여워하고,
슬플 때 슬퍼하고, 즐거울 때 즐거워했다. 나도 거울처
럼, 울 때 함께 울고, 웃을 때 함께 웃고 싶다.

9월 8일

도라지꽃 퐁퐁 터트리며 신났던 보랏빛 추억에서 놀았다.

9월 9일

조금 억울하고 분하더라도, 조금만 양보할 수 있는 용기를 가질 때, 화해와 평화의 기운이 싹을 틔웠다. 오로지 사랑만이 승리의 열쇠를 건네주었다.

9월 10일

생각이 나비를 따라 걸었다. 나비를 따라 걷던 나는 더는 걷지 못하고, 남성성을 내려놓았다. 여성성을 내려놓았다. 사랑을 내려놓았다. 우정을 내려놓았다. 눈빛을 내려놓았다. 소리를 내려놓았다. 여울을 내려놓았다. 내려놓고서야, 나비의 생생한 애인이 되었다. 땀과 함께 젖은 꿈을 닦아 내고, 떠나온 곳으로 돌아, 돌아왔다.

9월 11일

맑은 물을 얻으러 국형사 샘터에 다녀왔다. 맑은 물이
있어야 맑은 차 맛을 낼 수 있을 테니까.

9월 12일

삶을 오롯이 사랑했을 때, 반란을 꿈꿀 수 있는 자유
를 얻으리라!

9월 13일

낙엽들이 밑동 잘린 참나무 그루터기에 모여 있다. 두 팔을 벌려 막아도, 세찬 가을바람이 몰려들었다. (아, 어쩌란 말이냐!) 나는 양손에 낙엽을 쥐고 힘차게 끌어안았다.

9월 14일

음악은 '조화'를 생존 원리로 한다. 그 예술적 경지를
배우고 익혀서 조화로운 인간, 나아가 조화로운 인간
관계로의 승화를 염두에 둔 것이다.

9월 15일

밤새 떨어진 산밤이 여기저기서 보였다. 서둘러 가지를 꺾거나 돌팔매질을 하지 않았어도 금세 호주머니가 불룩해졌다.

9월 16일

현명한 사람들은 홀로 있을 때 더욱 '자신을 스스로 삼가는'* 일에서 기쁨을 찾고자 하였다. 누가 바라보지 않아도, 그들은 자신을 스스로 맑고 밝게 가꾸었다.

* 신독愼獨, 〈중용〉

9월 17일

햇살 따라 들길을 걷다 보니, 나비도 가만가만 꽃으로
날아들었다. 꽃병은 비어 있으나…, 꽃 한 송이 꺾지
못하고, 웃음만 주고 돌아섰다.

9월 18일

달빛이 하도 고와 화선지를 펼쳐두었다. 시 한 수 옮기려고 점 하나 찍었는데, 달빛은 어디로 가고 묵향만 가득하였다.

9월 19일

외로움은 독약이 되기도 하였지만, 때로는 신의 경지를
경험하게 하는 보약이 되기도 하였다.

'다른 사람이 나를 알아주지 않아도 화내지 않아야 사람답다.'* 할 경지에 이른다고 하니, '공부'란 눈에 보이는 순간의 행복이나 경쟁에서의 승리를 위한 것이 아니라, 자기 자신의 내부에 감춰진 더없이 맑고 평화로운 심성을 찾아가는 기나긴 여정이었다.

* 공자, 인부지이불온人不知而不慍, 불역군자호不亦君子乎

9월 21일

너무 늦은 칭찬은 없었다.

9월 22일

꼬불꼬불한 논둑길을 걸었다. 스스로 눈을 가리고 헤매는 어리석음에서 벗어나야 할 텐데, 그래야 방향을 잃지 않고 걸을 텐데…, 벼이삭을 스쳐간 바짓자락이 축축이 젖었다.

9월 23일

사람이 그 이름을 끝까지 지키는 일은 참으로 어렵지 않겠는가. 천년의 묘비도 매 순간 변하는데, 하물며 살아 있는 사람이랴?!

9월 24일

'한국호랑이'라고 불리는 백두산 호랑이가 멸종 위기라는 소식이 들렸다. 파괴와 밀렵이 이겼다는 뜻일까.

9월 25일

"나도 자네처럼 글을 썼더라면, 소설 몇 권쯤은 썼을 거야!", "당연하지! 아니, 소설 몇 권만으로 충분할 수 없겠지!", 벗과의 맞장구를 떠올리고, 그날, 그 장소로 여행하는 별을 바라보았다.

그의 세상은 작지만, 그의 마음이 크고 웅대하여 모든 것의 중심에서 빛났다. 그가 소설 몇 권쯤으로 다 채워질 수 없는 이야기를 비추었다.

나라고 아니겠는가. 말하듯 쓰면 된다지만, 말로 다 하지 못하는 것들이 발목을 잡고 있지 않은가. '추분'이 지나자마자, 밤이 길어졌다.

9월 26일

문장이 길어지는 것을 경계했다. '실천이 따르지 못함
을 두려워함'이었다.

9월 27일

'쉼표', '마침표'가 드문 문장은 대개 피곤한 삶을 대변
했다.

9월 28일

"나는 날마다 세 가지로써 나 자신을 살핀다. 남을 위하여 일을 꾀함에 진실하였는가? 벗과 사귐에 미더웠는가? 스승에게 배운 것을 익혔는가?" – 증자曾子

매일매일 육체를 살피듯, 정신도 챙겨야 할 텐데, 증자의 말은 배울 만했다. 그의 말은 참으로 영양분이 넘치는 정신의 밥이었다.

9월 29일

말은 '혀'가 아니라, '귀'로 하는 거였다.

9월 30일

국군 장병에게 위문편지를 쓰던 어린아이를 떠올리고,
목련 꽃차를 준비하였다. 손수건만 한 모시 조각에 고
이 감싸두었던 봄날의 몸짓 하나를 기억하였다.

10월 1일

"야~호~!" 소리가 산봉우리에 부딪히고 되울려 내게로
돌아왔다. 그 울림이 내 기분과 똑같았다.

10월 2일

음식의 향기는 준비하는 과정과 나누는 과정이 끝나면
사라지는 것이나, 음식에 담긴 사랑과 지혜의 향기는
인간의 삶과 그 길이를 같이 한다.

10월 3일

꿈은 언제나 세상보다 커다란 세상으로 향했지만, 그
비밀의 지도는 언제나 사람 속에 있었다. 단기 4354년,
오늘도 누군가 새로이 태어났을 것이다. 축하한다.

10월 4일

오랜 진통을 겪고서야 내 앞에 우뚝 서는 예술 – 평생
에 버릴 수 없다 – 체온을 가진, 이 잔인한 희열은.

10월 5일

햇살 새파란 동네, 새하얀 담벼락, 새하얀 창문에 사람을 그리고 싶어. 서로 기대는 사람을… 손바닥만 한 맨드라미꽃을 꽃바구니에 담았다. (산 자는 죽은 자를 기억하고) 신성한 새벽을 걸었다. 씻고, 말리고, 덖어서 '한 잔', 선홍빛 축제를 열 것이다, 첫눈이 오는 날.

10월 6일

벗과의 '수다'는 일종의 마음 운동이지만 사실은, 몸에도 좋다. '너'라는 말은 처방전이 필요 없다.

10월 7일

당신이 생각나 찻잎을 우렸네요.
손가락 떨리는데 붉은 입술, 파르르

– 이러다 죽어도 누가 뭐랄 라나. 마음이 떨리는데 붉
은 입술, 파르르.

10월 8일

안개 속에서 점멸등을 깜박였다. 그 길에도 돌부리가
숨어 있었다….

안개가 두렵지 않은가.

10월 9일

우리말의 자음과 모음을 종이 위에 꾹꾹 눌러썼다.

ㄱ ㄴ ㄹ ㅁ ㅇ ㅍ

ㄴ ㄹ ㅁ ㅇ ㅍ ㄱ

ㄹ ㅁ ㅇ ㅍ ㄱ ㄴ

ㅁ ㅇ ㅍ ㄱ ㄴ ㄹ

ㅇ ㅍ ㄱ ㄴ ㄹ ㅁ

ㅍ ㄱ ㄴ ㄹ ㅁ ㅇ

10월 10일

반청무우에 녹색과 흰색이 예쁘게 섞여 있다. 과연 무엇이 이보다 빛날 수 있을까.

10월 11일

순간 숨이 멎고, 가슴에 새겨지는 시는 어디쯤에서 만
날 수 있을까.
몸과 마음이 하나 되는 시….

10월 12일

산길을 걷다가 제 몸만 한 먹잇감을 끌고 가는 개미를
보았다.
살아가는 것인가? 살아지는 것인가?

10월 13일

그리운 거 하나 없이 어떻게 살아가겠니? 가을엔 가을
처럼 살아보려 해!

10월 14일

바라보았으나 새겨지지 않았다는 것은, 감동은 눈이
아니라 가슴으로 만나게 된다는 뜻이었다.

10월 15일

세수하다가 손바닥 줄무늬를 살폈다. 이곳에 내 마음대로 무늬를 새길 수 있다면, 고뇌하되 따뜻했던 영혼의 이야기를 새기고 싶었다. 주먹을 쥐었다.

.

10월 16일

하루에 십 초만 책을 펼쳐도, 얼마나 많은 글자를 읽게
되는지, 놀랐다.

10월 17일

밤인가 새벽인가, 모두 잠들었는지 문을 두드리는 이
없었다. 갈색 분위기 진한 술 한 잔 마시고 싶었다.

10월 18일

파도에 떠밀려 온 부표가 바닷가 모래사장에 자리를
잡았다. 모든 게 지금, 이곳의 일인데… 또 무엇을 말
하겠는가, 그가.

10월 19일

그래도, 형은 웃어서 좋소.
게다가 웃음은 유통기한이 없는 행복의 묘약 아니겠소,
하하하!

10월 20일

똑똑 똑, 드립 커피가 떨어지는데, 에프엠 라디오에서
쇼팽Chopin의 피아노곡이 흘렀다. 습작Etude인지, 비탄
Tristesse인지 혹여, 그의 깨달음 아닌지…,
삶이 똑똑 똑.

10월 21일

편지 봉투에 담아 두었던 민들레 씨앗을 연못가에 뿌렸다. 우리 땅에서 온전히 겨울을 견뎌내고, 새봄이 오면 다시 하얗게 만나자고, 약속만 봉투에 남겼다.

10월 22일

새벽안개가 싸늘하게 발목을 죄었지만, 뿌리치고 산에
들었다. 어느새 안개가 사라지고, 노래가 절로 나왔다.
단 한 번도 그 이유가 같지 않았다.

10월 23일

그대에게,

"텃새들 가을걷이 바쁘게 줄 서서 날아갑니다. 아무리 좋아도, 어서 서리가 내리고, 눈이 오기를 기다리는 새들도 있을 테지요. 누구나 원하는 게 다르니까요. 봐요, 오고 가는 새들… 천년이 하루 같다지만, 그저 한 장 그림입니다."

이렇게 말하고 싶었어요, 안녕.

10월 24일

바닷새의 깃털을 모자에 꽂았다. 깃털 하나를 더해, 모자의 모양새가 그럴싸해졌고, 나의 마음은 가벼워졌다. 바람을 타고 노는 일이 꼭 날아야만 하는 일은 아니었다.

10월 25일

고구마를 삶아 먹었다. 그 달큰함이 시간을 거꾸로 돌리자, 마음이 먼저 따뜻해졌다.

10월 26일

시는 역사보다 진실하다. – 아리스토텔레스

바람이 있고부터 엉겅퀴와 가시가 자라고, 나는 그들에게서 왔다. 가을비가 또한 그들처럼 온다면 함께 – 바람을 향한 – 제주祭酒 한 잔 올리리라….

10월 27일

일깨어 거울을 바라보았다.
내가 나에게 숨겨야 할 것도, 부끄러울 것도 없었다.

10월 28일

삶이
살아 있어야 삶이듯
바로 지금
그 일을 하리라.

10월 29일

예전엔 꽤 반듯반듯하던 나의 펜글씨가 요즘은 꽤 둥글둥글해졌음을 발견하였다.

10월 30일

부모와 함께 고둔치 정상에 처음 오른 세 살짜리 남자
아이가 씩씩하게 외쳤다.
"나는 천재다!"
내가 맞장구를 쳤다.
"맞다, 넌 천재다! 나는 아홉 살 때가 처음인데, 너는
나보다 육 년이나 빠르구나, 대~단하다!"

10월 31일

손가락마다 뜻을 담았다. 나무라서 향기롭고 불이라서 따뜻하고 흙이라서 솔직하고 금이라서 순수하고 물이라서 겸손하여 외롭고 힘겨울 때 손에 손잡을 이유를 떠올리게.

11월 1일

철새들이 줄을 맞춰 날았다. 나는 그냥 막 날았었는
데….

11월 2일

음식을 준비하며 스스로 치유되고 행복해지는 것을 느
낄 때가 있다. 최고의 비법은 역시 사람이 사람에게 주
는 사랑이었다.

11월 3일

바닷속 해초처럼, 머물러 있되 움직이고, 단순해지되 녹슬지 말며 부분의 충실함으로 전체의 흐름에 당당하게 맞서는 오늘이 되기를….

11월 4일

내 조그만 글밭에 몇몇 벗들이 모였다. 불을 지피고 ─
밤이 길어질수록 ─ 붉게 익어 가는 얼굴들이 잘 구운
떡보다 훨씬 달큰해졌다.

11월 5일

어떻게 해야 치밀하면서도 친근한 글을 쓰냐는 학생
의 질문에 밥을 먹을 때 수저를 번갈아 쓰면 좋다고
말했다.

11월 6일

글을 쓰다가 조금 착하면서 많이 착한 척하지 않았는
지 의심이 들 때가 있다.

11월 7일

새벽보다 뜨겁게 제 몸에 불 지펴 온 밥솥의 최후 진
술, "맛나게 저어 드세요!" 그와의 소통이 엄청나게 반
갑지는 않지만, 가볍고 편했다.

11월 8일

껍질과 과육에 상처 입은 감을 몇 개 골랐다.
깎아내고 다듬어서 소쿠리에 담았다.
햇살 좋은 창가에 두고 보니 마음이 곧 감이다. (곶감
은 겨울이 오기 전에 사라질 게 분명하다.)

11월 9일

마주 보고 안아 주면 열리던 평화平和,
나는 오늘 '그것을 바로 이곳'에서 찾으리라.

11월 10일

우리말을 번역하였다.
뜻 옮김이 그럴듯해 보였지만,
그 고소함이 언제나 우리말의 그것과 비슷한 듯 달랐다.

11월 11일

새로운 세상을 바르게 보려면, 수십 수백 개의 새로운 눈Device이 더 필요하다는 미디어 전문가의 정성 어린 충고(?)를 듣고, 두 눈에서 눈물이 먼저 흘렀다.

11월 12일

시퍼렇게 날을 세운 서리꽃이 산마루에 우거졌다. 아직
잠들지 못한 새들 있을 터인데….

11월 13일

방향을 정하지 않고 걸었다.
도로 표지판이 아니라 바람이 일러주는 산길을 돌아
들길로 들어섰다.
아! 바람은 틀에 갇히지 않았다.

11월 14일

붓을 잡았다.

'공감'이란 글로 쓴다고 얻는 게 아닌 줄 알면서도.

11월 15일

잠들지 못하고, 얼핏얼핏 고개를 들어 주변을 살폈다.
내가 누군가의 꿈에 나타난 게 분명했다.

11월 16일

엘리베이터 문이 닫혔다. 안과 밖이 철저히 차단되었다.
고개를 들어보니, 혼자 서 있는 어떤 사내가 나를 내려
다보고 있었다.

11월 17일

말과 글이 같아야 했다.
아니라면,
'자신을 스스로 꾸짖어야 하는 아픔'이 훨씬 더 커질 테
니까.

11월 18일

'굴곡'과 '불행'은 뜻이 서로 비슷한 말이 아니다. 길은 늘 굽어 있지 않았는가.

11월 19일

밖에 있던 화분을 안으로 들였다.
집안에 풀냄새가 가득했다.

11월 20일

샘물을 가슴에 담았다.
(담는 게 닮는 것이라 말한 적 있던가.)
가슴에서 샘물 흐르는 소리가 들렸다.

11월 21일

요즘은 노자老子보다 전자電子라던데, 전 선생님 별명이
스마트Smart(?) 라고 들었다.

11월 22일

김장김치가 생각보다 매콤했다.
어머니 표 햇태양초의 붉고 매운 기운에 눈물이 찔끔
흘렀다.

11월 23일

걷고 숨 쉬는 일조차 가격을 매기는 세상이지만, 숲은
그렇지 않았다.

11월 24일

빛 잘 드는 텃밭에 작대기 하나를 꽂아 두었다.

얼마나 지났을까.

어떤 새가 날아와 앉았고,
그림자의 모양이 바뀌었다.

11월 25일

화증火症에 걸려 온몸이 무력하게 불타오르고 허물어졌다. 화를 다스릴 서늘함, 눈꽃이 필요했다.

11월 26일

'오직 사랑!'

이 짧고 깔끔한 다짐을 어쩌다가 잊는 날이 있다.

11월 27일

일류가 최고라던데, '일'자만 들어도 기분이 썩 좋지 않았다. 이 불편함은 누가 만들었는지, 오류가 아닐까.

11월 28일

살구둑의 아침을 내가 아니라, 수탉이 열었다. 하루가
온전히 나의 몫으로 남았다.

11월 29일

철학이 아무리 가난한 세상일지라도 철학 하는 바보(?)
들이 있었다.

11월 30일

중요한 약속과 사소한 약속을 나누지 않았다.
약속은 모두 중요하니까.

12월 1일

'시'로만 삶을 이어갈 수 있을까 하는 의문을 가진 적이
있었다.
그 의문이 사라진 건 '시보다 삶'을 앞세우는 습관이 생
긴 후였다.

12월 2일

'지나치게' 돈에 미친 자들이야 돈벌레라 부르겠지만,
'모자라게' 정치에 미친 자들을 부를 마땅한 이름이 없
었다.

12월 3일

인간의 몸집과 두뇌의 진화와 더불어 가슴도 함께 진
화해 왔는지는 꼼꼼히 살펴볼 일이었다.

12월 4일

집안에서 개미가 발견되었다. 찬바람이 불기 시작하면서, 집 밖에 내어놓았던 오죽烏竹 화분을 집안으로 들여놓은 것이 원인이었다.

한두 마리 보이던 개미가 어느 날 단맛을 향해 열을 맞추어 행진하는 것을 탐지했다. 어쩌랴, 사람 음식을 놈들의 영역에 유기한 나의 실수라 여겼을 뿐, 아무 조건 없이 함께 살기로 했다.

그 후로 지금껏, 나와 놈들의 동거에 별 탈이 없었다. 놈들이 화분 속 개미굴을 지키며 잘살고 있는 듯했다. 적어도 놈들은 지금까지 나의 잠자리를 탐한 적이 한 번도 없었고, 나의 감지영역에서 크게 벗어난 적도 없었다.

놈들에게 아무 눈치도 주지 않았지만, 놈들이 대체로 단체 규율에 익숙한 것으로 판단했다. 그만하면 오히려 감사할 일이라는 생각이 들었다. 평소 같으면 놈들이 방바닥을 거닐고 있을 시간인데, 오늘은 단 한 놈도 아직 화분 밖으로 나오지 않았다. 바깥이 맹추위라는데, 알아차린 걸까.

"개미야, 개미야 뭐 하니?"

12월 5일

세상은 내게 '아무도 믿지 말라'고 가르쳤다. 그러나 '믿음'이야말로 '행복의 또 다른 이름'이라는 나의 믿음은 여전히 바뀌지 않았다.

12월 6일

말이 씨가 된다더니, 아픔을 말하면 아픔이 자랐고, 기쁨을 말하면 기쁨이 자랐다.

12월 7일

정치를 자꾸 '생물'이라고 속였다. 개도 안 먹을 '냉동'
이면서….

12월 8일

눈을 뜨자마자 보이는 곳에 '브룬펠지어 재스민'을 심은 화분을 두었다.
아침마다 꽃향기가 나의 잠을 깨웠다.

12월 9일

눈은 오지도 않았는데, 겨울비가 먼저 왔다.
더욱 굳게 창문을 닫았다. 나는 그를 초대하지 않았으
므로….

12월 10일

시 한 편 외운다고 세상이 바뀌는 것은 아니지만, 겨울
을 걷고 있는 하나의 삶을 감싸 안을 수는 있었다.

12월 11일

프랑스와 러시아의 중죄는 위험천만한 코냑과 보드카,
그리고 혁명을 꿈꾸게 한 거였다.

12월 12일

오른손이 '바른 손'이라 배웠다. 그러나, 생각이 한쪽으로 치우쳐져 있음을 스스로 고백하는 자의 주장이 아니라면, 과연 어느 쪽이 바르다 하겠는가.

12월 13일

새가 날았다. 이름이 전혀 중요하지 않은, 자연이 자유하는 삶을 보여주고 싶었을까.

12월 14일

아무도 모를 듯하지만, 어머니 산山은 다 알고 계시지.
어느 별, 어느 여행자의 봇짐에 무엇이 들어 있는지.

12월 15일

하루도 빠짐없이 글을 썼다. '죽이 되든 밥이 되든' 그렇게 하겠다고 스스로 약속했다.
내 안에서 만나야 할 내가 없었다면 그 약속도 없을 거였다.

12월 16일

돌아보면, 끝없는 여정의 한복판에서 순간 길을 잃을 때도 있었고, 내 안으로 달려가 남아 있던 무기력을 물리치고 다시 삶의 열정을 불태우던 때도 있었다.

그것이 무엇이든, '태어나기를 정말 잘했다'라는 말을 자신 있게 할 수 있기를 소망했다.

12월 17일

원주천 가의 풀밭을 걸었다. 모두 어디에서 왔는지, 이름이 무엇인지 묻지 않았다, 세상 늘 푸른 게 있는지….

12월 18일

우주가 가장 크다지만, 우주를 품는 것이 인간의 마음
이고 보면 이것이 참으로 큰 것 아니겠는가.

12월 19일

짐승이 짐승인 이유는 간혹, 사람을 물어 죽이거나 상처를 입히기 때문이다. 사람이 그러면 안 되는 일이었다. 사람은 짐승이 아니니까.

12월 20일

눈 덮인 숲길에 발자국을 남기고 돌아왔다.

12월 21일

당신이 나의 이름을 부를 때, 삶이 더는 외롭지 않았다.

12월 22일

맨 밑바닥의 삶, 뒷굽이 닳아서 해진 등산화를 닦았다.
산길에서 묻혀온 기억만 남기고.

12월 23일

마음이 흙냄새를 부르자, 들길이 열렸다.
봄은 멀지만, 땅속 식지 않은 미열이 먼저 길을 나섰다.

12월 24일

구덩이에 묻어 두었던 무를 꺼내어 뭇국을 끓여 먹었다.

12월 25일

시선이 가볍게 렌즈를 통과하였다.

12월 26일

또다시 떠나려거든 지나온 것을 기억하라
– 시집《동그란 얼굴》의 '흰꽃2' 중

12월 27일

길든 짧든 자작시를 외우는 건 당연했다.
아니, 외울 때까지 읽었다.
자작 아닌가.

12월 28일

농부는 가난하게 살지만, 부자로 죽는다.
– 미국 속담

12월 29일

어려울 때일수록 서로를 배려하는 일만이 자신을 스스로 치유하고, 세상을 더욱 따뜻한 곳으로 만드는 유일한 길이였다.

12월 30일

쓰레기 치웠다, 쓰레기 안 되려고.

12월 31일

일 년 열두 달, 슬플 때나 기쁠 때나, 거울 보고 웃는
일로 아침을 시작했다.

내일을 앞에 두고
– 삶에 던져진 괄호

삶은 보여지고 만져지는 실재의 순환 속에 있으며, 결코 홀로일 수 없다. 개인의 아름다움은 자연 혹은 타인이라는 객체와 연결될 때, 비로소 그 실제의 모습이 드러나는 것이다.

거친 물결을 건너는 도전 후에야 실체에 다다를 수 있다. 대상과 공감하기 위해 필사의 노력을 감행해야 하는 것이다. 그리하여 서로의 마음에 바람처럼 음악이 메아리 칠 때, 삶은 그 몫을 완성하게 되는 것이다.

원천을 향해 온힘을 다해 헤엄치는 연어처럼, 삶은 의식의 순수 상태를 향해 끊임없이 스스로를 발가벗겨야 한다. 삶에 던져진 괄호( )는 채워 넣어야 할 공간이지, 생략이 아니기 때문이다. 따라서 빈곤한 삶으로부터의 탈출을 감행하는 일은 단 하루도 생략할 수 없는 현실인 것이다.

답습과 포기가 아닌, 창조와 열정을 채워 넣을 때 '괄호'가 요구한 삶의 보편적 가치를 바라보게 될 것이다.

파피루스 365
PAPYRUS 365

1판 1쇄 인쇄 2021년 9월 3일
1판 1쇄 발행 2021년 9월 9일

지은이 원 교
발행인 김소양
편 집 권효선
마케팅 이희만

발행처 ㈜우리글
출판등록번호 제321-2010-000113호
출판등록일자 1998년 06월 03일

주소 경기도 광주시 도척면 도척로 1071
마케팅팀 02-566-3410 **편집팀** 031-797-3206 **팩스** 02-6499-1263
홈페이지 www.wrigle.com

ⓒ 원교, 2021

값은 표지에 있습니다.
ISBN 978-89-6426-098-2   03810

잘못 만들어진 책은 구입하신 서점에서 교환해 드립니다.